Lucía Bellido

NEVER GIVE UP

Lucía Bellido

NEVER GIVE UP

Secretos de una mujer

LIBROS CÚPULA

©shootquality

Índice

¡Hola, CARIÑETES!

Soy Susana, la madre de Lucía, y os voy a contar algunas cosillas sobre mi hija.

En 2012, con tan solo 9 años, Lucía me pidió que le dejara el ordenador para grabar vídeos. Jugábamos y nos reíamos haciendo tonterías delante de la cámara. Grabarse era su principal distracción; incluso cuando volvíamos de comprar ropa, se metía rápidamente en su habitación, se la probaba y fingía ser una youtuber.

En su primera comunión, sus tíos le regalaron un móvil con el que descubrió la aplicación Video Star. ¡Cómo se divertía grabando vídeos musicales! Poco tiempo después me pidió un trípode, una cámara y una lámpara para hacer unos supuestos deberes que, en realidad, eran vídeos para la aplicación Musical.ly. Y, de repente, un día me di cuenta de que la reconocían por la calle. ¿Quién me iba a decir a mí que tanta gente estaba viendo sus musical.ly? Y así, sin apenas darnos cuenta y gracias a vosotr@s, Lucía ha llegado hasta aquí. Mil gracias de todo corazón.

Como agradecimiento, en este libro Lucía responde a muchas de vuestras preguntas. Os explica sus inicios en Musical.ly y os descubre algunos de sus secretos, que os ayudarán a triunfar con vuestros vídeos.

También descubriréis la Lucía más íntima. La Lucía de detrás de la cámara, con sus secretos y sus locuras.

Espero que lo disfrutéis y ahí va mi mejor consejo:
¡sed siempre vosotros mismos y triunfaréis!

Susana

Me flipa bailar
¡Me encanta mi gente!
NIKE
AIR

PRESENTACIÓN

Aquí me tienes, soy Lucía. Si me estás leyendo, es que probablemente ya me conoces. Me has visto en Musical.ly o dando vueltas por la red. No paro quieta.

Lo que seguramente no sepas es que soy una chica muy normal, como tú y como cualquiera de tus amigas. Soy una chica muy casera. Me gusta mi gente. Estoy super a gusto con mi familia y mis amigos de toda la vida.

Si quieres conocerme un poco más, sigue leyendo, porque aquí tienes mi libro. Me hace mucha ilusión poder compartir mi historia contigo. Te explicaré cómo he llegado hasta aquí, casi sin darme cuenta. También te daré algunos consejos y trucos para poder hacer los musical.ly más cañeros.

¿Te atreves?
Solo tendrás que ponerle tu arte y lucirte con tus propias creaciones.

©Oriol Canis

La auténtica Lucía

QUIÉN SOY

Soy una **chica muy alegre.** No me gusta la gente triste que no tiene ganas de vivir. Me gusta disfrutar de la vida y de lo que hago.

Aunque parezca que soy muy fuerte y a veces un poco distante, en realidad soy **muy sensible y comprensiva.** Me pongo mucho en el lugar de los demás, empatizo con las personas y me afecta mucho lo que les pasa. Siempre estoy ayudando a los que me rodean. En casa, cuando alguno de los míos está enfermo y debe tomar antibiótico, soy yo la que me preocupo de que cumpla con los horarios de las tomas. ¿Te imaginas?

En realidad, me encanta dar. Es, quizá, lo que más me define, aunque a veces tengo la sensación de que doy mucho y recibo poco. Me he ganado palos en mi vida por mi exceso de generosidad.

> Me gusta disfrutar de la vida y de lo que hago.

Nací en Granollers, pero siempre he vivido en Mollet. Es una ciudad que está muy cerca de Barcelona, aunque si no eres de por aquí cerca puede que no hayas oído hablar de ella. No forma parte de ninguna ruta turística, ni recibimos muchas visitas, pero es mi ciudad y me gusta vivir aquí.

¿Que dónde me imagino viviendo cuando sea mayor? Pues aquí mismo. ¿Por qué no?

©Familia Bellido

©Familia Bellido

Mi padre es de Madrid y mi madre de Barcelona, y me llevo de maravilla con ellos. Tengo un hermano mayor, Iván. Nos llevamos 3 años. Hace unos años, cuando yo tenía 10, nos peleábamos mucho. Ahora, cada vez menos, ¡pero es que somos tan diferentes! Yo soy muy sociable y tengo muchos amigos. Él, en cambio, tiene pocos amigos. Quizás los selecciona más. Le gustan los juegos de ordenador y se pasa horas jugando conectado con gente de todas partes. Es incansable.

©Familia Bellido

Mi colegio y mi instituto están en Mollet, muy cerca de casa. Aquí tengo todo mi ambiente.

En el instituto me conocen todos. Al principio, cuando empecé a subir mis musical.ly, muchos compañeros no valoraban nada lo que yo hacía. Había chicos que se reían de mí. Se metían conmigo porque tenía pocos seguidores y me decían que no llegaría nunca a nada. ¡Hasta me llegaron a insinuar que lo que tenía que hacer era dejarlo!

Suerte de mis amigos más cercanos, que siempre me animaron a seguir. ¡Y aquí estoy! Disfrutando mientras hago lo que más me gusta, y encantada de poder seguir subiendo mis musical.ly.

Mis mejores amigos creían en mí y siempre me animaron a seguir.

LUCÍA ÍNTIMA

- Fecha de cumpleaños: 9 de noviembre.
- Signo del zodíaco: Escorpio.
- ¿Cómo te defines? Impaciente, irritable, creativa, alegre.
- Color favorito: Azul.
- Si fueras un animal, ¿cuál serías? Un tiburón.
- Deporte: bailar.

Poca gente sabe que nací con una duplicidad renal. Suena raro, ¿verdad? Pero en realidad ese nombre tan extraño significa que tengo tres riñones. De muy pequeña tuvieron que ingresarme por ello y he tenido que pasar por quirófano alguna vez, pero estoy bien. Llevo una vida completamente normal y puedo hacer de todo, aunque debo llevar al día mis controles médicos y cuando sea más mayor no podré beber alcohol. Pero, aparte de esos detalles, estoy estupendamente.

AMO
A LAS PERSONAS QUE
DISFRUTAN DE LA VIDA,
PORQUE YO HAGO
LO MISMO.

©Familia Bellido

Puedo presumir de haber tenido una infancia genial. Tengo muy buenos recuerdos de cuando era pequeña.

Guardo un recuerdo muy especial de cuando teníamos la caravana. Creo que este es uno de mis primeros recuerdos. Tendría 3 o 4 años. Me acuerdo muy bien de que pasábamos los días de verano en la caravana en un terreno que teníamos en Tarragona. Estábamos con mi abuela y el resto de la familia. Solía bañarme en una piscina de plástico y pasar el día entero en bañador, mojándonos, jugando, bailando y riendo con mi madre, con Iván y mi padre, cómo no, ¡grabándonos!

©Familia Bellido

©Familia Bellido

¡Qué simple y divertido era todo en aquellos años! Nos divertíamos un montón con una sencilla piscina pequeña y el buen rollito de la familia.

Recuerdo también que hacíamos sardinadas. Aún hoy, el olor a sardina me hace pensar en aquellos años inocentes. Hasta creo recordar que una vez se me clavó una espina en la garganta...

No soy nada supersticiosa. La verdad es que no me planteo para nada si hacer o dejar de hacer cosas en un viernes 13. ¡Qué tontería! Tampoco creo que por el hecho de pasar por debajo de una escalera vaya a tener mala suerte en lo que haga el resto del día.

Casi que ni sé qué cosas son las que dan mala suerte. He oído decir que si se te rompe un espejo puedes tener 10 años de mala suerte, ¿no? ¡Estaríamos listos si eso fuera así!

©Familia Bellido

LUCÍA ÍNTIMA

- Un referente en tu vida: Mi madre.

- ¿Tienes mascotas? Tuve dos conejos que se me murieron, se llamaban Copito y Hanna. Ahora tengo un pájaro, que se llama Tuki.

- ¿Qué te llevarías a una isla desierta? Armas y cuchillos para defenderme y cazar. Un espejo para hacer fuego.

- ¿Con quién irías a una isla desierta? Mi hermano, mi madre y mi padre.

- El viaje de tu vida: Las Bahamas.

- Un deseo: Que dejen de existir las enfermedades.

- ¿Crees en las supersticiones? No.

©artelia.s

SUPERAMIGA DE MIS AMIGOS

Me encanta salir con mis amigos. Soy de esas personas a las que no se le cae la casa encima porque no soporto estar todo el día en ella. Prefiero salir, hacer cosas... Soy una chica activa y me gusta divertirme acompañada.

ES DIFÍCIL ENCONTRAR BUENOS AMIGOS, Y DIFÍCIL OLVIDARLOS.

Tengo muchos amigos, pero los que realmente lo son los podría contar con los dedos de una mano. ¡Son mis cinco amigos de siempre!

Me considero una persona muy fiel a mis amigos de toda la vida. Sigo manteniendo aquellos que ya tenía antes de meterme en todo este mundo, porque son los que me conocen mejor y con los que me siento más a gusto.

Con ellos, me gusta hacer las cosas más sencillas, por ejemplo, bajar al parque, salir por el barrio y pasárnoslo bien. Así, como de cachondeo, jugamos al bote bote, nos escondemos y nos reímos un montón. Jugamos en los mismos sitios donde he jugado siempre de pequeña. En el fondo, los buenos amigos son aquellos con los que disfrutas haciendo tonterías. Pocas cosas más necesitamos.

Con los buenos amigos me siento feliz.

LUCÍA ÍNTIMA

- Película favorita: *La primera vez.*
- Serie favorita: *Vis a Vis y La casa de papel.*
- Recomiéndanos un libro: *After.*
- Plato favorito: Revuelto de ajos tiernos.
- Restaurante favorito: El frankfurt del barrio.
- ¿A qué famoso te gustaría conocer? Óscar Casas.

Desde que soy conocida, la gente se me acerca mucho más. Me reconocen por la calle, en el instituto, en el tren, cuando salgo de mi ciudad... Puedo estar siempre rodeada de gente.

Esto me ha brindado la oportunidad de conocer a mucha gente nueva, y personas que valen mucho la pena. Siempre estoy abierta a lo que me puedan aportar. Pero también he descubierto que muchos de los que se hacen llamar amigos simplemente están conmigo por interés. En este sentido, soy un poco inocente, y siempre pienso que la gente normalmente va de buenas. A veces, me cuesta darme cuenta de que detrás de una nueva amistad puede haber malas intenciones. Quizás porque yo no soy así. Yo no voy con segundas intenciones. ¡Soy muy sincera!

Debo reconocer que algún disgusto con este tipo de amistades interesadas me he llevado ya. Y lo he pasado mal. No se lo recomiendo a nadie. Espero ir aprendiendo poco a poco a verlas venir. Soy una chica bastante sensible y cuando me traicionan o veo que no hay sinceridad en las personas me quedo bastante tocada. Este tipo de cosas me afectan bastante.

Soy una chica bastante sensible.

©Familia Bellido

¿Y SI NOS JUNTAMOS
TODOS AQUELLOS
QUE NO ENCAJAMOS
Y HACEMOS UN
MUNDO NUEVO?

©artelia.s

©artelia.s

MIS AFICIONES

Una de las cosas que más me gustan en el mundo es maquillarme. Desde que era muy pequeñita, ya me gustaba darle color a mi cara. Soy totalmente autodidacta, porque en casa mi madre no se maquilla ni la mitad de lo que lo hago yo. Y la verdad es que no se me da nada mal. Me encanta darme un toque de maquillaje, sobre todo en mis vídeos.

Llevarlo me hace sentir bien. Para mí, el maquillaje sirve para resaltar tanto características faciales como aspectos de mi personalidad. No como dicen algunos, que sirve para ocultar o disimular. A mí me da mucho juego. Me encanta probar con diferentes colores de labios.

Si te sientes bien,
los demás lo notan.

Otra de mis aficiones es **peinarme.** Supongo que todo va un poco junto con el maquillaje, porque también de muy pequeñita ya ensayaba con todo tipo de peinados.

Tengo dos tías que son peluqueras y siempre me ha gustado mucho lo que hacen. Algunas cosillas me las han enseñado ellas, pero básicamente he aprendido yo sola. Me fijo mucho como va peinada la gente. Y basta con ponerle un poco de imaginación para terminar haciendo peinados superchulos.

Mis tías me enseñaron a hacer trenzas y recogidos, y a marcar el cabello. Una vez, de pequeña, me hice unas **trenzas superoriginales,** que no me enseñaron ellas. Fueron totalmente creación mía. Aquel día mis tías alucinaron conmigo, y yo me quedé supercontenta, claro. Se trata de ir probando e ir haciendo. Cuantos más peinados hagas, mejor te van a salir.

Recuerdo que a mis primas pequeñas las vestía, las peinaba y las maquillaba constantemente como a mí más me apetecía. Ellas se dejaban, yo contenta y ellas encantadas. Lástima de no haber tenido una hermana pequeña. Yo ya se lo pedía a mi madre, pero nada, ella ni caso. Con lo que me hubiera gustado...

Desde siempre he tenido muchísima imaginación.

Lo que no puede faltar entre mis aficiones es grabarme. Puedo decir que tengo recuerdos de mis padres grabándome desde que era muy pequeña. Me acuerdo de los vídeos que hacía mi madre. Creo que tengo vídeos de todas las etapas de mi vida.

Recuerdo ponerme delante de la cámara mientras mi madre me grababa. Después, me encantaba mirarme.

VIVE LA HISTORIA QUE QUIERAS CONTAR.

Me miraba los vídeos como si fueran de YouTube, pero claro, no los subíamos a ningún sitio. Eran **vídeos caseros,** pero me divertía mucho.

Supongo que toda esta herencia hace que hoy me muestre con mucha **naturalidad delante de la cámara.** No me cuesta nada ser yo misma. Esta es la primera norma para sentirte cómoda delante de una cámara: sé tú misma. No hay que posar, ni intentar ser lo que no eres, porque se nota un montón.

Aunque pueda parecer mentira, cuando me grabo me siento a gusto, me motivo y me lo paso bien.

Delante de la cámara,
sé tu misma.

©artelia.s

Mi música favorita es el trap argentino. Me encanta esta mezcla de hip hop con reguetón y música electrónica. También encuentro superdivertido esto de mezclar letras en inglés y en español. Me gusta mucho el ritmo que tiene. Es lo que estoy escuchando más últimamente; de hecho, la mayoría de las canciones de los musical.ly se hacen con este tipo de música.

Empecé a escucharlo porque me lo recomendó una amiga y me enganchó. Las canciones se hacen muy pegadizas. Con Musical.ly descubro un montón de estas canciones y me gustan. Estoy empezando a usarlas en mis vídeos. Es lo más actual, lo que la gente está escuchando más.

Hasta ahora siempre he hecho mis musical.ly con reguetón. También funciona muy bien y me siento muy cómoda con este estilo de música.

Me gusta la música con ritmo.

LA **MÚSICA**
NOS INSPIRA, NOS RELAJA,
NOS EMOCIONA,
NOS HACE PENSAR,
NOS HACE **SOÑAR.**

©artelia.s

El flamenco es otro estilo que también me gusta mucho. Esto es influencia de mi familia; mi abuela por parte de madre es gaditana, y mis yayos por parte de padre son sevillanos. He escuchado flamenco desde que era muy pequeña. Mi madre me enseñaba canciones y me ponía a cantar. Aún lo recuerdo.

Recuerdo cantar la canción *Ay pena, penita, pena* por todas partes. Me la sabía superbién. Y debía de tener gracia, porque la gente me pedía que la cantara. ¡Hasta la cantaba en el cole en la clase de música! ¡Y no veas cómo triunfaba! Ahora me daría vergüenza. Son cosas que pasan cuando una se hace mayor.

Una vez, mi tía Encarna me trajo un traje de gitana. Yo me debía de sentir superguapa con el traje. Me lo ponía y empezaba a cantar la canción. Evidentemente, en casa hay vídeos míos cantando flamenco vestida de gitana.

De la música flamenca de hoy me gusta El Barrio, un cantautor de Cádiz. Y también me gusta mucho escuchar a Demarco, un flamenco un poco más pop, que me encanta cómo suena.

El gusto por el flamenco es influencia de mi familia.

©artelia.s

©Familia Bellido

CÓMO ME METÍ EN ESTE MUNDO

Cuando me metí en este mundo, al principio fui motivo de risas y comentarios por parte de mis compañeros de instituto. Me increpaban y me decían: «Pero ¿por qué lo haces? Solo tienes 5.000 seguidores.» Como haciéndome ver que no era suficientemente buena y que no llegaría a destacar en este mundo.

©artelia.s

No estaba nada cómoda con lo que me decían en el instituto. **Pero mis amigos de verdad me animaron a continuar,** ¡suerte tuve de ellos! Así que no me hundí y continué, y con el tiempo he llegado a tener más de un millón de seguidores.

Fui yo la que empecé a hacer vídeos con Musical.ly y, cuando gané tantos seguidores, todo el mundo se apuntó al carro. Es más, ahora son muchos los que me piden consejos; incluso muchos de los que antes se reían de mí ahora me buscan por el pasillo para pedirme algún musical.ly. Hay mucha gente interesada por ahí. Me piden promoción para que les dé likes y entonces ellos suben el número de seguidores. A mí no me ayudó nadie, lo hice todo yo sola.

Empecé con Video Star cuando tenía solo 12 años. Como me grababa desde muy pequeña, cuando empecé a hacer vídeos estaba ya muy acostumbrada a ponerme delante de una cámara. Con mi madre, nos grabábamos haciendo tonterías, y todavía sigo haciendo vídeos con ella, porque nos reímos y nos lo pasamos bien.

©r.cots

Estos vídeos de cuando era pequeña siempre han sido privados, me grababa simplemente por el hecho de hacerlo, sin afán de mostrarlo, solo porque me gustaba grabarme a mí misma.

Conocí Video Star a través de una chica que en YouTube empezó a hablar de la aplicación y empezó a subir vídeos suyos. Aquello me encantó y decidí escribirle para preguntarle cómo se hacía. Descubrí lo que era editar un vídeo propio: podía cortar o unir escenas no consecutivas, cambiar la velocidad de la grabación, y hasta cambiar los colores de filtros. ¡Me veía a mí misma en un videoclip con efectos! Se me abrió un mundo. Clarísimamente, aquella aplicación estaba hecha para mí.

Empecé de muy joven con Video Star.

En poco tiempo me hice una cuenta. Cada día subía entre 2 y 3 vídeos. Hay que tener en cuenta que en aquella época el sistema era muy lento y complicado, nada que ver con Musical.ly, pero me enganché en seguida y me convertí en una experta.

Subía los vídeos de Video Star a Instagram, pero me cansaba. Entonces empecé a subir musical.ly y vi que a la gente le gustaban más los que hacía con la aplicación Musical.ly que los que hacía con Video Star. En 2017 acabé definitivamente con Video Star.

Con Musical.ly puedes grabarte de varias formas y hacer montajes superoriginales.

©artelia.s

©shootquality

En el verano de 2017 llegó el **boom**. Mi popularidad fue subiendo como la espuma, me había hecho un sitio en Musical.ly. Tenía un montón de seguidores y mis vídeos gustaban cada vez más. Pero, de repente, un día tuve un disgusto. ¡Me habían robado la cuenta de Instagram! Alguien me la hackeó y en cuanto yo introduje mi contraseña el hacker tuvo acceso a todos mis datos: cambió la contraseña y bloqueó mi cuenta. Literalmente, me la robó. Con la contraseña cambiada, yo ya no podía acceder a todo lo que tenía, todo lo que era mío.

Aquello **fue un golpe muy duro para mí**. Me derrumbé. Pero, como de todo se aprende, ahora sé que, por seguridad, hay que ir cambiando la contraseña de vez en cuando. Estoy mucho más alerta a todos estos temas.

Un consejo: cambiad vuestra contraseña a menudo.

Cuando me pasó esto estaba en la **cresta de la ola.** Había subido un montón de vídeos y había conseguido un montón de seguidores. Y, de repente, me había quedado sin cuenta.

¡Qué golpe tan duro! Pero me sobrepuse. No tuve más remedio.

Cuando de verdad quiero hacer algo, saco fuerzas de donde sea y **me lanzo.** Abrí una nueva cuenta, anuncié por todas partes el cambio y empecé a remontar. Poco a poco, fui recuperando los seguidores. Y así, hasta hoy.

SI TOCO FONDO, ES PARA COGER IMPULSO.

©artelia.s

Recuerdo perfectamente mi primer musical.ly.

Fue en junio de 2016 y lo grabé desde mi habitación, sentada en mi cama. Yo estaba hablando por el portátil y grabándome con el móvil. Llevaba una camiseta, y entonces se me ocurrió tapar el móvil y cambiarme de camiseta. Sin darme cuenta, hice mi primera transición.

Volví a tapar el móvil y otra vez cambié de camiseta. Así varias veces, hasta que me tronché de risa y se me cayó el móvil. Recuerdo perfectamente la música, no tenía letra, era muy rítmica.

Aunque recuerdo el vídeo con mucho cariño porque fue el primero, en realidad no me gustó. No lo subí, lo borré en seguida.

Por aquel entonces no me inspiraba en nadie, era totalmente autodidacta. Iba probando cosas y las iba mejorando a medida que me iban saliendo. Esta es la mejor forma de aprender: hacer, hacer y hacer. Después de haber hecho muchos vídeos, **con la experiencia se mejora,** y con un poco de curiosidad e investigando se aprende.

©Familia Bellido

Aunque generalmente soy muy autodidacta, si tuviera que decir en quién me inspiro, diría que ahora me gusta inspirarme en chicas que tienen rollo. Me flipa la gente que innova, que hace cosas nuevas, que es rompedora. Estas chicas son a quienes me gusta seguir. Me gusta que hagan movimientos con el móvil, que hagan muchas transiciones, porque gracias a eso y a su personalidad los vídeos son muy ricos. Me encanta fijarme en cómo lo hacen.

En realidad, no tengo ningún ídolo fijo, voy buscando y me voy inspirando en estas chicas más cañeras.

Se aprende y se perfecciona a base de hacer muchos vídeos.

©artelia.s

©Oriol Canis

No tengo ni idea de hasta cuándo me imagino haciendo musical.ly. Supongo que hasta que me canse. Algún día tendré que parar, pero no es una cosa que me plantee mucho en este momento. No puedo imaginarme ahora mismo cuándo será.

De la misma manera que me cansé de Video Star y encontré una alternativa que me iba mejor, pues algún día quizás me canse de Musical.ly. O quizás saldrá otra aplicación que nos hará cambiar o actualizar. No lo sé. Lo que sí sé es que **me queda cuerda para rato.** Tengo todavía muchas ganas de seguir bailando, cantando e innovando.

EL FUTURO SOLO PROMETE UNA COSA: SORPRESAS.

©shootquality

LUCÍA ÍNTIMA

- ¿Cuál es la parte que más te gusta de tu cuerpo? Mis ojos, porque transmiten cómo soy.

- ¿Llevas algún tatuaje? Aún no, pero me voy a hacer uno con mi madre.

- ¿Dónde llevas *piercings*? Llevo 3 *piercings*: en la lengua, en la nariz y en el ombligo.

- ¿A qué edad te hiciste el primero? A los 12 años, ja, ja, ja.

- ¿Cuál es tu prenda de ropa favorita? Las camisetas cortas.

- ¿Qué es lo primero en que te fijas de una persona? En sus ojos y en sus labios.

- ¿Qué buscas en un chico? Que me haga reír y me sorprenda.

- ¿Crees que es posible la amistad entre un hombre y una mujer? ¡Obviamente!

- ¿Qué es aquello que no soportas de los demás? La chulería y la falta de educación.

- ¿En qué lugar del mundo te gustaría vivir? En Latinoamérica.

Mi vida como muser

©Oriol Canis

LA CLAVE DE MI ÉXITO

Empecé muy joven, solo tenía 12 años cuando hacía mis primeros vídeos con Video Star. En vez de hacer vídeos como hacían todas las niñas con la cara lavada y el pelo planchado, yo ya hacía vídeos con maquillaje y bien peinada.

La gente no se creía que yo tenía solo 12 años. Parecía mayor. Yo creo que eso ya llamó la atención y destaqué sobre el resto de chicas.

La gente se fija en mí porque siempre he parecido mayor de lo que soy.

©shootquality

Mi primer *piercing* me lo hice con una amiga a escondidas de mis padres. Esto tiene una historia muy curiosa. Un día me quedé a dormir en su casa, la típica fiesta de pijamas que acaba con una locura. Pues esa locura, en mi caso, fue... ¡volver a casa con un *piercing!*

Al día siguiente, recuerdo que nos fuimos a la playa toda la familia y yo no sabía cómo esconderme de mis padres. Estaba avergonzada. No hay que olvidar que era una cría. Intentaba taparme las orejas con el pelo, pero claro, al final, se dieron cuenta.

Mi madre alucinó cuando lo vio. No se lo podían creer. Si quería llevar pendientes, debería habérselo dicho. Y es que llegué a casa con dos pendientes en cada oreja. Después de la sorpresa inicial, me explicó que las cosas no se hacían de esa manera, que debería haber confiado en ella. En fin, fue una locura de niña.

Siempre me ha gustado mucho arreglarme.

©nerea.photography

Años más tarde, cuando ya tenía los 12 años cumplidos, me hice un *piercing* en la nariz. Esta vez acompañada de mi madre. Y tiempo después me hice otro en el ombligo.

Me gustaba hacerme fotos para ver cómo me quedaban y decidí subirlas a Instagram. Entonces mucha gente empezó a hacerse *piercings*. Subían las fotos y me etiquetaban.

De repente, me vi
como si fuera
una influencer.

El secreto de que la gente te siga o te admire o de repente hagan cosas que tú has hecho y te quieran imitar es ser natural.

Simplemente, sé tú misma.

La clave del éxito es ser tú misma. Gustas mucho más si te muestras tal como eres. Yo soy fiel a esa idea, y creo que con esta actitud he ido ganando seguidores. Me muestro cercana a mis fans. Soy espontánea y sincera. Creo que ellas se sienten identificadas conmigo porque **me ven una chica normal,** como si pudiera ser una más de sus amigas, y por eso me siguen.

En la red veo a mucha gente estupenda, pero que habla con una voz impostada y se dirigen a las fans de una manera muy falsa. Yo soy normal, como soy yo misma. Esa es la diferencia.

SI QUIERES SER

ALGUIEN ESPECIAL,

EMPIEZA POR

SER TÚ MISMO.

©Oriol Canis

UN DÍA ME DI CUENTA DE QUE ERA FAMOSA

Un día iba caminando tan tranquila por la calle cuando, de repente, una chica me pidió que me hiciera una foto con ella. Aquella chica me reconoció de Musical.ly; estaba muy contenta de verme y yo no me lo podía creer.

Ese fue el momento en el que por primera vez se me hizo evidente que quizás me estaba haciendo famosa. La gente estaba empezando a familiarizarse con mi cara y empecé a ser una *persona conocida.* No es que fuera una cosa muy rápida, porque ya llevaba tiempo subiendo vídeos, pero se me hizo palpable de un día para otro.

©artelia.s

©shootquality

Días después, con cinco amigos, organizamos una quedada. Todavía me acuerdo. Vinieron unas 50 o 60 personas. (¡Nada que ver con mis últimas quedadas!) Recuerdo que la gente estaba muy cortada. Casi nadie decía nada. Entonces me destapé y empecé a organizar un poco la cosa.

Invité a la gente a hacerse vídeos conmigo, a hacerse fotos, etc. Y les decía cosas como «a ver chicas, poneos que os voy a grabar». Se trataba de romper el hielo y de **pasar un buen rato**. Y así lo hicimos.

Se nos pasaron las horas volando.

Lo mejor de la popularidad es poder conocer a tanta gente.

Con tan solo una foto puedes hacer feliz a alguien, y eso es muy gratificante.

A veces, alucino cuando pienso que la gente me conoce desde sitios muy diferentes. Tengo fans y gente que me sigue desde lugares tan lejanos como Chile.

Me encanta tener fans de países de Latinoamérica, porque es muy curiosa la interacción que tengo con ellas y aprendo mucho.

Tengo fans que me siguen desde diferentes países de Latinoamérica.

TELEPHONE
TELEPHONE
PHONE
PULL

Quizás lo peor de la popularidad es, justamente, la **pérdida de privacidad.** Lo que por un lado me aporta mucho, por otro puede llegar a cansar.

Allí donde voy siempre hay alguien que me reconoce y no me siento del todo libre para hacer lo que me apetece. A menudo, percibo que la gente me está mirando. Puede haber algún día que hasta me agobie un poco que me reconozcan por la calle. En realidad, todo el mundo puede tener días malos, pero cuando eres famosa no puedes hacerte invisible de repente y desconectar de todo cuando te apetece.

A veces, dejo de hacer cosas al pensar que la gente me puede reconocer y agobiar.

No puedo pasear tranquila por el centro comercial o ir a comprar ropa porque siempre me están parando e interrumpiendo. En alguna ocasión, ocurre que estoy mirando ropa a mi rollo y alguien se me acerca, me habla y me pide una foto. De todas maneras, aunque esté muy cansada, **no tengo nunca un no como respuesta;** siempre accedo a hacerme fotos con quien me lo pide. Tampoco cuesta tanto y, como **empatizo mucho** con los demás, pienso que a mí también me gustaría que me lo hicieran.

Llega un momento que te acostumbras a que te miren.

©r.cots

PROS Y CONTRAS DE SER FAMOSA

- Conoces a gente nueva.
- Te invitan a fiestas.
- Puedes hacer feliz a alguien simplemente haciéndote una foto con tu fan.
- La gente suele mostrarse muy amable contigo.

- Tienes poca privacidad.
- No te sientes libre para hacer lo que te apetece.
- Nunca puedes desconectar.
- Siempre tienes que poner buena cara.

LUCÍA ÍNTIMA

- ¿Te preocupa lo que digan los demás?
  Desgraciadamente sí.

- ¿A quién le pides consejo?
  A mi madre, siempre.

- ¿Qué es lo que te hacer reír más?
  Todo me hace reír. Es mi punto débil.

- ¿Qué te hace llorar? Todo también.
  Soy demasiado sentimental.

- ¿Qué te gusta hacer en una tarde de lluvia?
  Mojarme.

- Si pudieras escoger, ¿qué superpoder te gustaría tener? Poder volar sin cansarme nunca.

Considero que soy una **chica con suerte** porque publico cuando me apetece, aunque lo hago a diario. Como me gusta mucho hacer vídeos, no me cuesta nada, y cada día subo alguno. Puede haber algún día que no suba ningún vídeo, pero es raro.

No sigo **ninguna rutina,** ni me marco ningún calendario para organizarme. Voy improvisando. De hecho, cuando más publico es cuando estoy más aburrida. Por ejemplo, el típico sábado por la mañana de invierno que no tengo nada que hacer, pues me motivo, me ducho, me arreglo y me pongo a hacer algún musical.ly.

Subo musical.ly
cuando me apetece.

@artelia.s

Cuando llevo muchos días sin publicar, baja mi popularidad. Entonces me siento un poco presionada, porque me debo a mis **seguidores.** Ellos me reclaman. Me piden que suba algo, me mandan mensajes y me dicen que tienen ganas de verme.

Durante los días que no tengo tanta actividad, hay unos bajones terribles de visitas en mi cuenta, y no me gusta. Cuando no publicas, la gente pasa de mirarte. Y cuando eso ocurre, **te sientes un poco obligada a publicar** para revertir la situación. Es verdad que es un tema que me preocupa, pero no me angustia demasiado.

Me debo a mis seguidores.

SI PUEDES SOÑARLO, PUEDES HACERLO.

©artelia.s

En realidad, no dedico muchas horas a hacer mis musical.ly. Aunque parezca increíble, en plena motivación puedo llegar a hacer 3 vídeos en solo 15 o 30 minutos. Mi récord es hacer siete musical.ly en un día.

En lo que tardo más es en arreglarme, porque me gusta y le dedico bastante tiempo a maquillarme, vestirme y peinarme. Pero ahora he encontrado una manera superamena de invertir mi tiempo: hago *lifes.* Mientras me arreglo, me conecto. Hago un *life* con mis seguidores y eso me entretiene más.

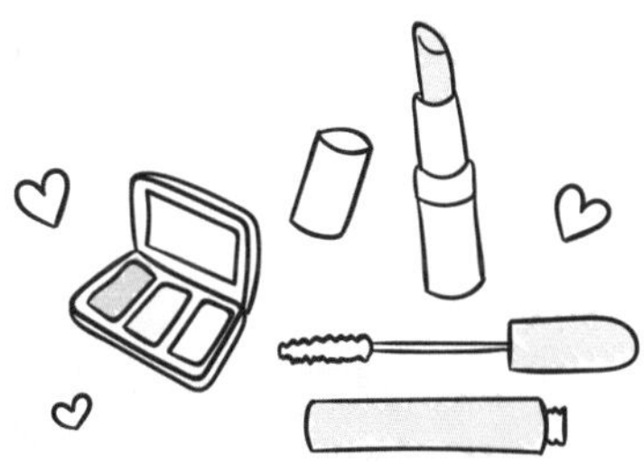

En todo este mundo de las redes sociales debo reconocer que **siempre tengo a mis padres** detrás. Me controlan un poco. Bueno, para mi gusto me controlan demasiado. Pero es porque soy menor y ven que es un **mundo que está cargado de peligros.**

Mi madre dice que hay muchas cosas que yo todavía no sé cómo funcionan y que no tengo por qué saberlas. Para esas cosas, tengo la suerte de que ella está siempre ahí. Controla que no me tomen el pelo, o que no reciba ningún susto de nadie. En este mundo, todas las personas que quieren tienen acceso fácil a mí y en algunas ocasiones recibo mensajes que no son muy agradables.

Mi madre vigila que nadie se aproveche de mí. No está bien que la gente viva a mi costa. Ella dice que todo lo **que he ganado lo he hecho yo sola.** En el fondo, creo que tengo mucha suerte de tener a mis padres siempre a mi lado; ellos me apoyan en lo que hago, no me dicen nunca qué es lo que debo o no debo hacer, lo que debo colgar o lo que no debo colgar. Me dan libertad para este tipo de cosas, pero para manejarme en el complicado mundo de las redes sociales sé que siempre puedo contar con ellos.

Ellos me ayudan a gestionar todo el tema de las promociones, las ofertas o las propuestas que constantemente recibo. Ellos hacen de filtro y así yo me siento más segura.

©Familia Bellido

EL ÉXITO DE LA APLICACIÓN

No sabría decir exactamente por qué razón la aplicación Musical.ly tiene tanto éxito entre los adolescentes. De hecho, es como en YouTube donde cualquiera puede hacer vídeos.

Seguramente, a las personas que son un poco tímidas les vaya bien usar esta aplicación, porque no hace falta que cantes, ni que hables. Pones la música y solo tienes que imitarla con tus gestos. Esto te puede dar impulso para lanzarte a hacer vídeos.

Se trata de una aplicación con la que te puedes hacer superfamosa grabando vídeos sin tener que decir nada.

Musical.ly tiene mucho éxito entre los adolescentes.

@artelia.s

©artelia.s

La aplicación ofrece muchas maneras de conocer y descubrir nueva música. Según tus gustos o lo que hayas escuchado, te sugiere nuevas canciones del mismo estilo.

Yo tiro mucho del apartado «Música recomendada para ti». Allí descubro **un montón de nuevas canciones** que, si me gustan, las escucho un montón de veces, me las aprendo y las utilizo para mis nuevos musical.ly.

En el apartado «Música que escuchan tus amigos», puedes descubrir las canciones que escucha la gente a la que sigues. Esta sección también tiene mucho éxito, pero yo no la uso tanto.

Musical.ly ha cambiado la forma como los adolescentes interactúan con la música.

Y no todo es música y baile. La aplicación está muy bien también para conocer a gente, para compartir experiencias musicales y para reírse con los amigos.

A mí me escriben un montón de mensajes que no soy capaz de responder. A menudo, no puedo mirarlos todos, y me sabe muy mal, porque me gustaría responderlos, pero es que tantos mensajes me desbordan.

Alguna vez he dedicado una tarde entera solamente a responderlos, pero no doy abasto. Me siento incapaz de contestarlos todos.

©artelia.s

Lo que está muy de moda ahora es plantear **retos** o hacer **concursos.** Y la verdad es que da mucho juego para estar en contacto con el resto de la gente en la red.

APÚNTATE A LOS RETOS

- Los retos son propuestas que se suben a la red con un determinado *hashtag*.
- Se suele proponer imitar ciertos movimientos o hacer determinadas coreografías que pueden llegar a hacerse virales.
- Es muy divertido apuntarse a los retos que envían otros *musers* y mandárselo a tus amigos. Personas de todo el mundo comparten los musical.ly con una misma canción o un mismo baile.
- El objetivo es crear una batalla de bailes y pasarlo bien.

IDEAS LOCAS PARA HACER EN MUSICAL.LY

1. **Sube 30 vídeos en 30 días.**
2. **Graba uno con tu abuela.**
3. **Prueba con música de ópera.**
4. **Hazlo con los ojos cerrados.**
5. **Vístete con ropa que nunca te pondrías.**

LIKE!

MI RELACIÓN CON LOS FANS

Conozco a mis fans y tengo una relación muy cercana con ellas. Casi todas son chicas que tienen entre 10 y 17 años, aunque la mayoría son de 14 y 15.

A menudo, me paran por la calle. Lo más normal es que me pidan que me haga alguna foto con ellas. En otras ocasiones, he hecho vídeos con ellas. También me piden que mire sus musical.ly y les dé mi opinión, o que les dé un like.

A veces, me encuentro fans esperándome en la puerta del instituto. Me doy cuenta de que me han reconocido porque, de repente, pesco alguna miradita, un grupo de niñas riendo entre ellas y mirándome, o incluso me hacen fotos con el móvil a escondidas. Se piensan que no me doy cuenta, pero yo lo noto. Tengo una especie de olfato... las detecto a distancia.

Me gusta tener contacto con mis fans.

@artelia.s

Siempre me doy cuenta cuando alguien me reconoce por la calle. Intuyo alguna miradita, algún cuchicheo con la de al lado, algún codazo... Me fijo en el tipo de chicas, en la edad que tienen, y no falla, empiezan a perseguirme y, al cabo de poco, cuando se deciden, **me piden que me haga una foto con ellas.**

Otras veces, **recibo mensajes de mis fans** por Instagram. Me dicen que me han visto en algún sitio y me mandan la foto donde salgo yo y el lugar en el que me han reconocido ¡Como si fueran paparazzi!

LA FAMA
ES UN TROZO
DE NADA QUE EL ARTISTA
AGARRA AL
VUELO
SIN SABER POR QUÉ.

©artelia.s

Mis *profes* saben perfectamente lo que hago. En el instituto soy una más, aunque todo el mundo sabe quién soy; pero allí dentro llevo una vida muy normal, como la de cualquier otra alumna.

Sé que son muchos los compañeros del instituto que me siguen. ¡Hasta tengo una *profe* entre mis seguidores! La verdad es que tiene una hija que es fan mía y por eso ella me sigue también.

Incluso en el trabajo de mis padres la gente les pregunta sobre mí: si podemos quedar, si sus hijos se pueden hacer una foto conmigo...

Muchas veces, como mis fans todavía son pequeñas y tienen vergüenza, son los padres o las madres los que se me acercan y rompen el hielo. Me piden que me haga una foto con su hija y luego se acerca la niña y se va encantada con la foto.

En el instituto soy una compañera más y llevo una vida muy normal.

Cuando yo no era conocida también había tenido algún ídolo a quien había escrito y preguntado cosas que me gustaban de él o ella y que quería saber. ¡Qué gracioso! Yo también sé lo que es ser fan de alguien. Mi ídolo en cuestión no me hizo mucho caso, pero ahora lo entiendo, porque ahora soy yo quien está al otro lado viviendo en primera persona el hecho de tener fans. Sé lo que es que te escriban y te pregunten cosas constantemente.

La mayoría de las veces no das abasto a contestar todo lo que te llega. Y también están las llamadas. A mí me llaman a todas horas, ¡hasta me han llamado a las 5 de la mañana! No sé cómo, pero siempre se acaba filtrando mi número de teléfono, debo ir con mucho cuidado.

Los fans siempre consiguen lo que se proponen. Hay muchas maneras de llegar a contactar con tu ídolo. Muchas veces hago mis musical.ly en el parque. Mis fans reconocen el sitio donde yo he grabado el vídeo y **vienen a conocerme.** Llegan de todas partes. ¡Han venido a verme desde Madrid o Granada! Vienen de lugares muy lejanos, y a ellas **les dedico todo el tiempo que puedo,** porque después del esfuerzo que han hecho me parece necesario corresponderlas.

Tengo muchas fans en Latinoamérica.

Es muy curioso, porque alguna vez he tenido algún malentendido cultural con ellos. Aquí, nosotros tenemos una manera de relacionarnos y de comunicarnos (con gestos o expresiones) que es diferente a la suya. Y esto puede crear **malentendidos.**

Recuerdo un vídeo que grabé con mi madre en el que yo, de forma distendida, le daba un pequeño empujón y la apartaba de mí. Un gesto familiar y habitual para nosotras, que nos hemos hecho toda la vida con cariño y confianza. Pues ese gesto no se vivió del todo bien entre mis seguidores de Latinoamérica, que lo interpretaron como una falta de respeto. A mí me sorprendió su reacción de enfado contra mí porque no era eso, nada más lejos de mi intención.

He tenido algún choque cultural con alguna de mis fans.

Alguna vez he ido a una **fiesta de *influencers*.** En estas fiestas, nos citan a unos cuantos *influencers* en un local o discoteca, **nos tratan muy bien** y nos pasamos el rato recibiendo a fans.

Me gusta conocer a otros *influencers* porque están pasando por una experiencia muy parecida a la mía, pero en realidad **allá donde voy siempre soy la más joven,** y eso se nota. Los demás *influencers* están en una onda más de mayores, y yo, que estoy a punto de cumplir 15 años, siempre soy la pequeña del grupo.

El objetivo de estas fiestas es **tener contacto con tus fans.** Allí las ves y hablas con ellas. Se forman colas enormes de chicas que te quieren conocer.

Las fiestas de *influencers* son noches mágicas para las fans.

Te piden que te hagas fotos con ellas y que grabes con ellas algún musical.ly.

Como normalmente hay tanta gente, no tienes mucho tiempo para dedicarle a cada fan, y acabas sacando una foto, un saludo, y poco más. Pero nosotros, los *influencers,* nos pasamos horas y horas allí porque las colas son muy largas.

Debo reconocer que, aunque me gustan estas fiestas, duran muchas horas y acabo muy cansada, pero feliz por conoceros.

©Oriol Canis

Mis musical.ly

©Lluc Suárez

SIEMPRE ESTOY PREPARADA

Siempre estoy preparada para grabar un musical.ly.

Nunca me da pereza, al contrario, me encanta. Me siento muy cómoda actuando delante de la cámara y eso de ponerme a bailar lo llevo dentro.

Cuando me apetece hacer uno, me visto bien, me peino, me maquillo, coloco el móvil bien apoyado para que no se caiga y empiezo a grabarme. Si me gusta, lo subo; si no me gusta, no lo elimino, lo guardo. Al cabo de unos días, vuelvo a mirar los vídeos que decidí no subir y, si me gusta, lo acabo subiendo.

Acostumbro a improvisar
y soy muy natural.

Las canciones para hacer mis vídeos las suelo encontrar en la misma aplicación. Por la noche, cuando me aburro, me meto en Musical.ly para mirar vídeos y **marco los que más me gustan.** Al día siguiente, reviso el apartado de publicaciones que me han gustado y los vuelvo a mirar. Escucho las canciones varias veces para aprendérmelas bien, y hago los musical.ly con las que más me han gustado.

Como comentaba antes, la aplicación también tiene el apartado «Música recomendada para ti», que es donde yo más me inspiro. También está la sección «Música que escuchan tus amigos»; aunque también está bien, yo no la utilizo tanto.

©shootquality

Suelo grabar los musical.ly **en mi habitación,** aunque también he grabado en otros rincones de mi casa, así como en la calle o en el parque. Una vez hice uno muy chulo en el coche de mi padre, sacando la cabeza por la ventana del techo, que quedó muy bien.

No tengo manías, **puedo grabar allí donde me pille.** También he hecho alguno en la nieve.

Mi sueño es poder grabar un día un musical.ly en una **playa del Caribe.** ¡Sería fantástico!

©r.cots

LOS SITIOS MÁS EXÓTICOS DONDE ME GUSTARÍA GRABAR UN MUSICAL.LY

1. **En una playa paradisíaca.**

2. **En el mar con tiburones.**

3. **Esquiando.**

4. **En cualquier lugar de Latinoamérica.**

©shootquality

Me encanta cambiarme de ropa y de peinado en un mismo musical.ly. **Me motiva enseñar la ropa nueva que me acabo de comprar.** ¡Me encanta ir de compras!

Cuando tengo ropa nueva, hago vídeos con transiciones. En cada transición me cambio y me sirve para enseñar lo que me acabo de comprar. No soy mucho de complementos. Lo que me pongo casi siempre son mis gafas y, a menudo, me peino con un moño. También he llevado gorras, aros enormes y pequeñitos, collares, pulseras, perlas…

Una vez hice un musical.ly disfrazada de militar.

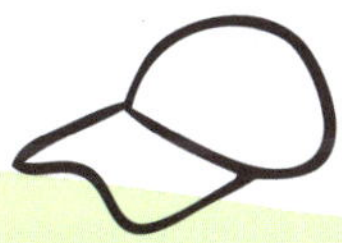

Sentirte bien con la ropa que llevas es importante para grabar un musical.ly.

TRUCOS PARA QUE UN MUSICAL.LY TE QUEDE GENIAL

- ✓ **Apréndete muy bien la letra de la canción.**
- ✓ **Arréglate.**
- ✓ **Hazlo con ganas y muéstrate divertida.**
- ✓ **No copies. Sé tú misma. Saca tu propio rollo, tu esencia.**
- ✓ **No te rindas por los comentarios negativos que te puedan hacer. Cree en ti misma.**

He triunfado sin querer gustar a nadie.

©artelia.s

©Oriol Canis

LAS TÉCNICAS QUE MÁS ME GUSTAN

Musical.ly te ofrece muchas posibilidades para hacer vídeos superdivertidos: modificar la velocidad de la reproducción, incluir transiciones, filtros, pegatinas...

Tienes la posibilidad de hacer transiciones que son muy creativas y, aunque algunas son más complicadas, muchas son sencillas y muy resultonas. Los vídeos más llamativos son los que mezclan varias técnicas.

A mí me encanta cuando agito el móvil y salgo yo, y después vuelvo a agitarlo y sale otra persona. Le da un toque muy chulo al vídeo.

Las transiciones hacen que tus vídeos sean más creativos.

Me gusta mucho utilizar la cámara lenta. Sobre todo, al final de los vídeos. Y muchas veces también sonrío al final de la canción.

Mi madre dice que me toco y me muevo mucho el pelo. Es cierto, pero lo hago sin darme cuenta. No era consciente de hacerlo hasta que me lo dijo ella. Debe de ser una manía que tengo.

Descubre en este vídeo* un tutorial con mis técnicas favoritas.

* Para ver este vídeo exclusivo necesitarás una app que lea códigos QR. Si no la tienes busca «QR» en tu tienda de apps y descárgate una de las muchas gratuitas que encontrarás.

©artelia.s

Cómo hacer un giro de 360º de frente

Empieza a grabar tu vídeo. Cuando quieras hacer la transición, gira la mano de forma que el móvil quede hacia abajo. Para de grabar.

Con el móvil apagado, gira ahora la mano rotando hacia la derecha hasta que el móvil vuelva a quedar hacia abajo. Prepárate y ponte a grabar de nuevo.

Mientras te grabas, gira la mano de forma que el móvil quede ahora recto hacia arriba. Habrás llegado a la posición inicial. Tu giro de 360º estará completo.

✓ Procura mantener la mano al mismo nivel.
Si cuando paras la cámara y mueves el móvil bajas o subes la mano, el giro no se va a ver completo.

✓ La velocidad de movimiento debe ser siempre la misma.

✓ Puedes realizar estas transiciones varias veces.
¡Se ve como un bucle y queda perfectísimo!

Cómo hacer una voltereta

En plena grabación, mueve el móvil en línea recta hacia arriba hasta que quede justo encima de tu cabeza.

Para de grabar. Coloca el móvil en línea hacia abajo, como a la altura de tu cintura mirando hacia arriba, y sigue grabando hasta tener el móvil a la altura de tu cara.

✓ Esta es una transición rápida; no te entretengas mucho, queda mejor si tiene ritmo.

Cómo hacer un giro de 360º sobre ti misma

Cuando estás grabando, desplaza el móvil hacia la derecha. Para de grabar.

Coloca tu mano con el móvil justo en el lado opuesto, a la izquierda, y ponte a grabar de nuevo. Entonces, desplaza el brazo hacia el centro con el mismo ritmo que llevabas antes. Y así tantas veces como quieras.

✓ Si quieres enriquecerlo un poco más, puedes cambiarte de ropa cada vez que hagas una transición de este tipo.

Cómo desaparecer y aparecer con un cambio de estilo

Grábate de frente y, de repente, gira el móvil 90º mirando hacia tu derecha. Para de grabar.

Gira el móvil 180º de manera que ahora quede mirando hacia tu izquierda. Graba de nuevo y termina de girar el móvil hasta que quede mirando hacia ti de nuevo.

✓ Como en la transición anterior, te puedes cambiar de ropa, ¡y hasta de peinado!

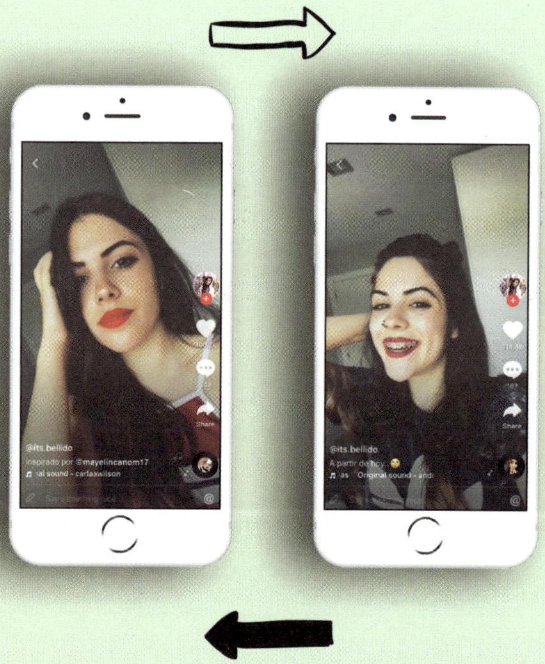

Cómo «teletransportarte»

Una transición que mola un montón es transportarse de lugar como por arte de magia.

- ✓ Grábate normal y para de grabarte.
- ✓ Cambia de lugar.
- ✓ Ponte a grabar de nuevo.
- ✓ Recuerda ponerte a grabar en el segundo lugar en la misma pose que has terminado en el primero.

En mi habitación. →

← En el salón.

Cambio de ropa, peinado o complementos

Empieza a grabarte y cógete la camiseta con el dedo índice y pulgar; tira hacia fuera. Para de grabar y cámbiate de camiseta.

Sujeta la nueva de la misma manera como habías dejado la anterior. Suéltala de nuevo y haz un movimiento con el cuerpo hacia atrás y abajo. Continúa grabando con la que llevas puesta.

Si escoges tres camisetas con un cuello similar, pero de colores diferentes, conseguirás un efecto muy vistoso.

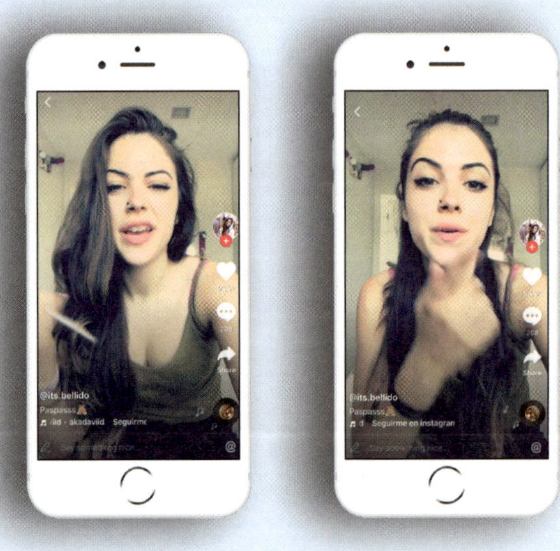

Cambio de peinado.

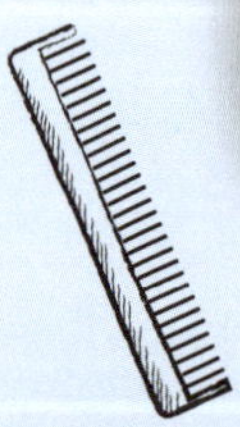

Para conseguir el efecto de cambio de peinado, empieza a grabarte. Acerca la mano al móvil hasta que tapes la cámara. Para de grabar. Cámbiate y continúa grabando.

También puedes variar los complementos siguiendo el mismo sistema que con el peinado.

¿Y si te atreves a probarlo con diferentes gafas? ¡Verás que no es tan complicado, tú puedes!

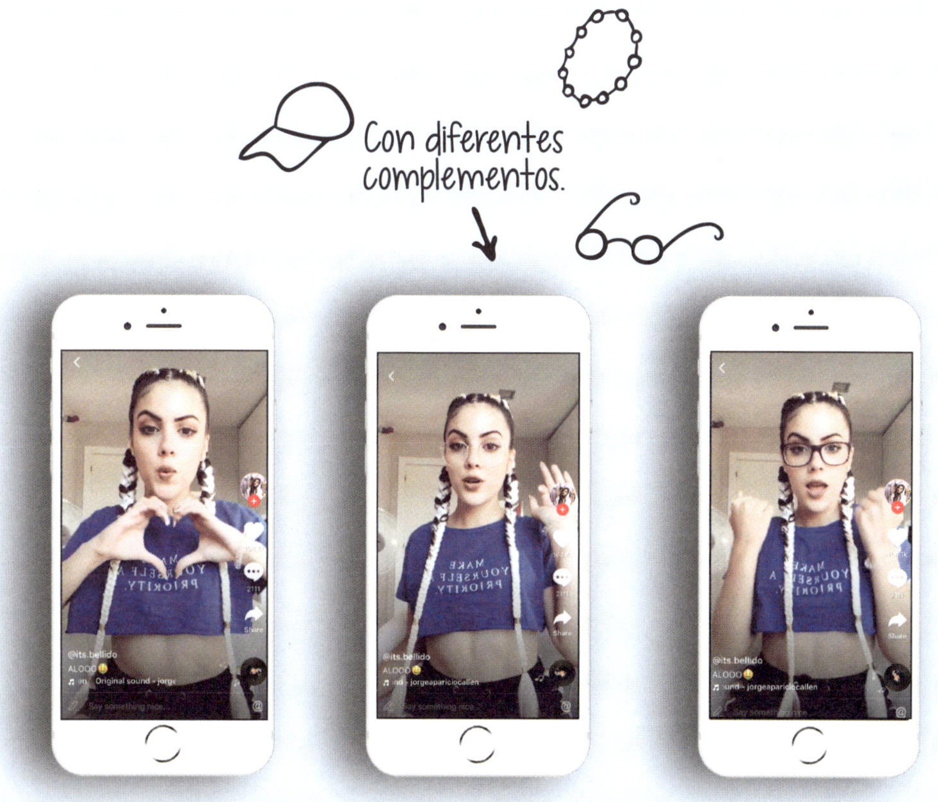

Diferentes velocidades de grabación y *timelapse*

En la aplicación encontrarás una barra que indica los diferentes tiempos de grabación de esta forma:

0,1 x - 0,5 x - 1 x - 2x - 3 x

Menos de 1 son velocidades lentas y más de 1 son velocidades rápidas. Puedes escoger las que más te gusten para conseguir tus propios efectos.

Mezcla trozos de vídeo grabados a cámara rápida y otros grabados a velocidad normal. Aprovecha los cambios de escena tapando la cámara.

¡Ritmo!

Calma.

Cuándo usar la cámara lenta

Me gusta usar la cámara lenta al final del vídeo para dar un efecto más llamativo. También se usa para enfatizar un movimiento, por ejemplo, sonreír, sacar la lengua —esta es muy mía— o destacar un movimiento de pies. Está de moda grabar vídeos en los que se vean los pies bailando.

Si grabas el mismo movimiento rápidamente en menos de un segundo y lo haces a cámara lenta, el resultado es increíble. Este efecto se llama *glitch* y se utiliza mucho con la música trap.

La transición flotante

Este efecto es espectacular. Mientras te estás grabando, sueltas el móvil, ¡y el móvil se mantiene flotando en el aire! Parece magia, pero tiene truco.

Tienes que hacerlo con un móvil que tenga una funda. También necesitas un tenedor que debes doblar, es decir darle forma de L, donde la parte corta sea la de las púas y la larga sea el mango. Pon una goma alrededor del móvil y en la goma engancha el tenedor doblado por la parte corta de las púas. Recuerda que debes poner la funda en el móvil para tapar la goma.

Si tienes una funda de plástico, puedes sujetar directamente el tenedor en la funda sin necesidad de ponerle una goma.

Colócate delante de un espejo.

Grábate normal y, en un momento, pon el móvil justo delante de tu cara y muerde el tenedor.

Suelta las manos.

- ✓ Para que quede supermegaépico, no hay que grabarlo desde Musical.ly. Hay que grabarlo desde la cámara de fotos en cámara lenta. Luego, desde la aplicación Musical.ly, editamos un poquito el vídeo.

- ✓ No importa si tiembla un poco la cámara, porque luego en la cámara lenta no se aprecia mucho. Es más, a mi me gusta más cuando se ve el movimiento.

Duetos divertidos

Reúnete con la persona con quien quieras grabar el musical.ly, elegid el vídeo que os guste y dadle al botón «Crear dúo».

La grabación debe ser como la que haces siempre, aunque te aconsejo que hayáis practicado o, al menos, acordado los movimientos juntas antes. El dúo así quedará más chulo. También puedes hacer un dueto con una persona que no conozcas o contigo misma.

Yo he hecho algunos. ¿Los has visto?

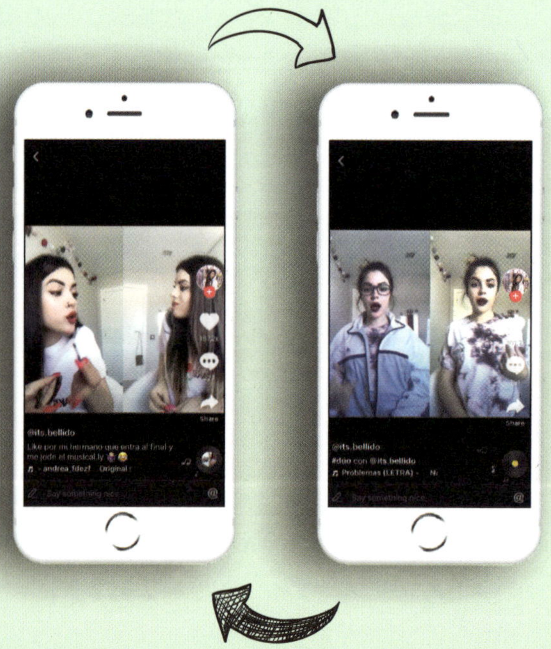

Efecto tiempo

¿Conoces la opción momento en vivo? La cámara toma cinco fotografías tuyas de forma rápida que luego puedes reproducir en bucle, como si se tratara de un GIF. A mí me gusta ponerle música, me encanta como queda.

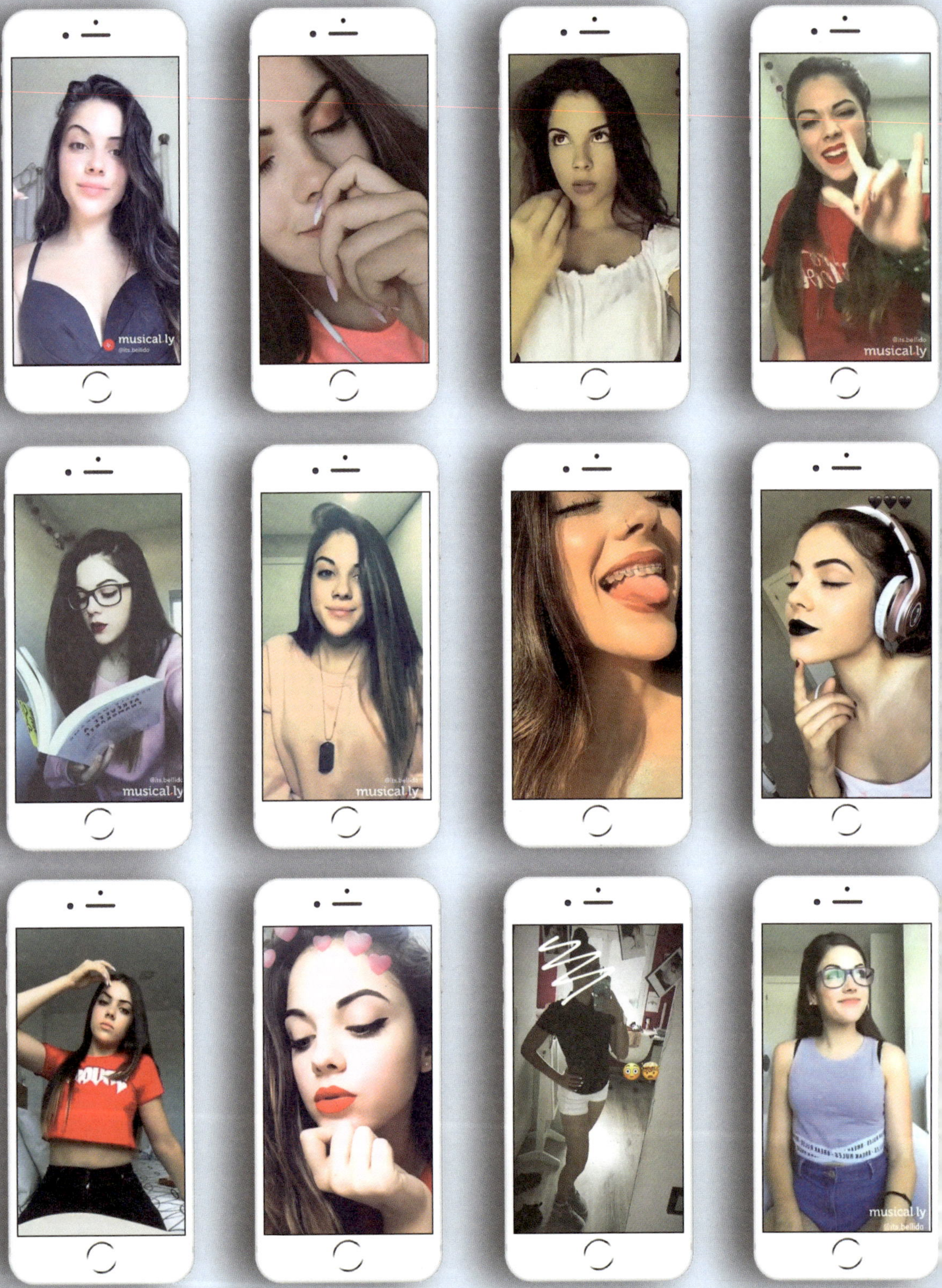
musical.ly
musical.ly
musical.ly
musical.ly
musical.ly

its.belly
musical.ly
BoooonDiaaa
musical.ly
musical.ly
musical.ly
musical.ly
musical.ly
@its.bellido
12 32
mañaneosss
musical.ly
musical.ly

DECÁLOGO

para triunfar con las transiciones

1. Mira muchos musical.ly y fíjate bien cómo lo hacen.
2. Planifica y ensaya antes de empezar a grabar.
3. Escoge el mejor sitio para evitar interrupciones.
4. Decide el momento adecuado.

5 Procura que no te tiemble la mano.

6 Añade la transición acorde con el ritmo de la música.

7 No abuses de diferentes transiciones en un mismo vídeo.

8 Innova con las coreografías e inspírate en la letra de la canción.

9 Mira a la cámara y muéstrate natural.

10 Repite, repite y... repite.

©Oriol Canis

¿Y QUÉ MÁS PUEDES HACER CON UN MUSICAL.LY?

Dedica un musical.ly a un amigo o amiga el día de su cumpleaños. Puedes tunear alguno que hayáis hecho juntos y os haya quedado chulo, y añadirle algún mensaje.

Si te gusta algún chico o chica y todavía no se lo has dicho, escoge una canción que te recuerde a él o ella, graba el vídeo y etiquétal@.

Aunque los musical.ly se hacen sin excusa, porque te gusta, puede haber alguna ocasión en la que te apetezca dedicar uno a alguien.

Mmmm... ahora que lo pienso, se me ocurre alguien. ¡Seguro que a ti también!

Por ejemplo, unos cuantos de la clase podéis hacer un musical.ly para un *profe,* o con la familia podéis hacer un musical.ly para felicitar a alguien su cumpleaños o la Navidad. ¡Con unos gorros de Papá Noel e improvisando un villancico! Me río solo de imaginarlo.

¿Y si os disfrazáis y grabáis uno para Carnaval? O mejor todavía, para Halloween. Aquí sí que necesitaréis de un buen maquillaje.

©shootquality

Un consejo para todos aquellos que queréis iniciaros o seguir en este mundo de Musical.ly sería que cogierais vuestras propias ideas. Intentad siempre mejorar en lo que hacéis, pero sin que os queráis parecer a un *muser.*

Haced vídeos en Musical.ly simplemente porque os gusta, pero no porque sea moda o porque queráis ser famosos. Esforzaos y pronto veréis como el resultado mejora. Solo vosotros debéis estar contentos con lo que hacéis. No os rindáis si un día os sale mal o si recibís algún comentario negativo. Seguro que, si os gusta y le ponéis ganas, os saldrá bien.

Ser famoso no se elige, te toca.

©shootquality

©artelia.s

REFLEXIÓN PARA TERMINAR

Cuando te fijes en los *musers,* piensa que tienen una vida detrás de la pantalla. No todo es como parece.

Al principio, yo no era muy buena, pero como me gustaba hacer mis musical.ly, insistía, sin parar de subir vídeos, hasta que fui mejorando y a la gente le empecé a gustar. Creo que, como me arreglaba y me maquillaba, tenía mi rollo. Y destaqué por esto. Todo el mundo subía las mismas canciones y yo hacía cosas diferentes. A la gente lo que le llama la atención es lo diferente. Por eso, siempre pienso que debes ser tú misma, no debes querer imitar ni copiar a los demás.

Siendo tú misma,
siempre serás diferente.

Las preguntas de mis seguidores

1. **¿Qué es lo que más te gusta de tus fans?** Que simplemente les pueda hacer feliz con un abrazo o una foto.

2. **¿Por qué empezaste en Musical.ly y a qué edad?** Empecé porque me cansé de Video Star pero no quería dejar Instagram, me encantaba ver actuar a la gente y este mundillo y decidí hacer Musical.ly.

3. **¿Pensabas que ibas a llegar a un millón de seguidores y qué sentiste al llegar?** No lo pensé obviamente, yo recuerdo que hice un directo en Periscope y tenía 5.000 seguidores y pensé que llegar a 10.000 sería mi sueño, pero llegar a un millón es brutal.

4. **¿En qué tiendas compras ropa?** Normalmente en Bershka, es la que más me gusta.

5. **¿Te tirarías en paracaídas?** No, tengo pánico a la muerte, me da mucho miedo.

6. **¿A qué le tienes miedo?** A la muerte.

7. **¿A dónde te gustaría viajar?** A las Bahamas, Punta Cana, sitios así.

8. **¿De pequeña qué querías ser de mayor?** Peluquera.

9. **¿Te gustaría tener una hermana gemela?** No, lo odiaría.

10. **¿A raíz de hacer musical.ly en quién te inspiraste para mejorarlos más?** En nadie, yo misma me fui dando cuenta de lo que hacía bien y mal para ir corrigiéndolo.

11. **¿Quién es tu *muser* favorito?** Nadie en concreto.

12. **¿Harías una canción?** Sí.

13. **¿Cuál es tu película favorita?** *Mi primera vez.*

14. **¿Cuál es el momento más chulo de tu peli favorita?** Cuanto el *prota* por fin besa a la *prota.*

15. **¿Si tuvieras que elegir entre Musical.ly e Instagram, con cuál te quedarías?** Con Instagram porque interactúa más con la gente, puedes hacer directos y hablar con ellos.

16. **¿Cuántas horas estuvo tu madre para parirte?** 4 horas, desde las 9 de la noche hasta la 1 de la madrugada.

17. **¿Cuál es tu *youtuber* favorito?** La verdad que no sigo a ningún *youtuber.*

18. **¿Cómo es la relación con tus padres y tu hermano?** Somos todos como amigos.

19. **¿Piensas dejar este mundo algún día?** No lo voy dejar por el momento porque solo me trae cosas buenas, me permite moverme, conocer gente nueva. Me gusta tener libertad y no pienso dejarlo porque me gusta todo, dar y recibir.

20. **¿Qué son para ti tus seguidores y tus fans?** Son parte de mi familia, son como mis amigos de toda la vida, forman parte de mi vida sinceramente.

Y si os ha gustado este libro, comentadlo en las redes con el *hashtag*

#nevergiveup

Me encontraréis en

Instagram: @labelliido

Musical.ly: @its.bellido

YouTube: Lucía Bellido canal

Ahora te toca a ti......

- Fecha de cumpleaños: ....
- Signo del zodíaco: ....
- Cómo te defines: ....
- Color favorito: ....
- Número favorito: ....
- Si fueras un animal, ¿cuál serías? ....
- Deporte: ....
- Un referente en tu vida: ....
- ¿Tienes mascotas? ....
- ¿Qué te llevarías a una isla desierta? ....

- ¿Con quién irías a una isla desierta? ....
- El viaje de tu vida: ....
- Un deseo: ....
- Película favorita: ....
- Serie favorita: ....
- Un libro: ....
- Plato favorito: ....
- Restaurante favorito: ....
- ¿A qué famoso o famosa te gustaría conocer? ....

- ¿Cuál es la parte que más te gusta de tu cuerpo? ....

- Signo del zodíaco: ....

- ¿Llevas algún tatuaje? ....

- ¿Dónde llevas *piercings*? ....

- ¿A qué edad te hiciste el primero? ....

- Número favorito: ....

- ¿Cuál es tu prenda de ropa favorita? ....

- ¿Qué es lo primero en que te fijas de una persona? ....

- ¿Qué buscas en una pareja? ....

- ¿Crees que es posible la amistad entre un hombre y una mujer? ....

.... ÍNTIM@

- ¿Qué es aquello que no soportas de los demás? ....

- ¿En qué lugar del mundo te gustaría vivir? ....

- ¿Te preocupa lo que digan los demás? ....

- ¿A quién le pides consejo? ....

- ¿Qué es lo que te hace reír más? ....

- ¿Qué te hace llorar? ....

- ¿Qué te gusta hacer en una tarde de lluvia? ....

TUS NOTAS

En estas páginas puedes anotar las ideas del libro que más te han gustado o los trucos que quieras recordar.

©artelia.s

A mi amiga Anna Bella;
sin ti, no estaría aquí.
Te quiero.

Realización editorial:

somnins

Primera edición: octubre de 2018
Segunda impresión: octubre de 2018
Tercera impresión: noviembre de 2018
Cuarta impresión: diciembre de 2018

ISBN: 978-84-480-2497-0
D. L: B. 17.455-2018

Impresión: Liberdúplex
Impreso en España – *Printed in Spain*

El papel utilizado para la impresión de este libro es cien por cien libre de cloro y está calificado como papel ecológico.

©shootquality